U0789175

傳響集序

山人蔡羽著

文主乎道行乎氣章乎事物協乎韻約於經典於志充於傳記委曲乎序事溢乎論是故質如布華如衮繡無聲如土木鳴如洪鍾灼如日壯如山河嚴如管鍵温如春而各極其趣是故志乎是比乎是陳乎是訓乎是立乎是明彛倫庶物乎是微顯闡幽乎是而皆不容已其發也有爲其變也以遇其趣也以時而已矣詩之不容已猶夫籟也詩之有清和哀怨猶籟之於四時也太史公曰古詩三千餘篇孔子刪爲三百十一而六義形矣風觀乎情也雅觀乎政也頌考夫世也其文之有韻者也更于騷降于漢雜于辭賦與古漸異然志有述也物有指也離有怨也亡有思也得乎風矣宮室苑囿田獵能美也落成飲至公庭之燕能勸也得乎雅矣漢無先王之德故郊廟之歌嫚而頌喪魏之視漢猶漢之視周也夫物貴多識風雅有變管乎方輿止乎義理不可亂也後之言事情者徇乎辭而不知節晉宋以還景物愈多意義沒矣近體萌矣然猶存乎温麗守乎典雅君子猶以爲華國松陵崔子德卿守厥先人遺藁將登梓請弁諸首予重德卿之孝也告以故崔先生名某字某詩凡若干首取其趣在唐人有所韞藉予嘗問德卿曰凌先生時東云何曰已告諧矣并以書來遂定選

宗譜序

夫本支不明則宗不立家無乘則本支不明紀無要領則傳注不親旁證不的則乘不信四者作譜之患也蓋自井田破而世家散皇運改而華胄遷支離萬狀後世得見其鄉者古郡名而已矧我諸姬二千餘載轉生氏族分占諸夏屢斷屢續昧而復彰然必毓自一人以連數郡食德升朝各丕其造迹厥所以皆樂吾宇禮克綱厥世而非偶然也中原之變莫大于宋胡人入汴鼎族不寧我秘書公遂寄籍吳方垂四百年寔蕃我類自秘書造家而人祖之禮曰別子爲祖成其始也再傳而上下蔡分四傳爲七六公兄弟其季七九公出贅館于甪里遷于錫山遂開板村嘗讀上乙公墓石皇父西巖府君題曰十三世孫八十餘人時板村尚未合也天道好還義揮使　誠齋公仰惟本宗孝思積歲考厥丘壟遡厥文獻理厥苗裔然後三百年之宗復合今國字行已二百四十餘人而亡其世次徙在他州小乙小秀二支不與也誠齋再益前譜世至十八輻湊聯絡斯亦勤矣禮曰尊祖故敬宗敬宗故收族是三者非孝不行非志不篤詩曰駿惠我文王曾孫篤之夫以秘書公恤澤之遠固待後人之篤之也今群孫將纘本支明矣舉之亹亹有文獻矣紀以一人得要領矣遠徵趙宋近稽前烈旁證的矣篤孝子之志而去此四患然後可以言乘也又俾遠孫得見厥祖同姓相遇不爲塗人爲益大

矣爲化盛矣夫念厥祖斯思無忝思無忝斯不羞其類不羞其類斯思愼厥身思愼厥身斯知善厥道知善厥道斯克與求存反是雖慈父不能庇其子矧宗人乎是請外之訓誠齋之志也并發之

送四川憲副龍公序

郡太守之務繁於監司二千石之權輕於廉訪事不善始恒難於善厥終克善厥始者尤難於善厥終凡此皆未之思也盍求諸本而已矣夫本不立一社一亭未易爲暇計邪優藩藩優郡乎夫自爲邑爲郡爲臺爲省以至爲卿孤莫不有體然本無二也列臺閣分曹務撫中土厲邊徼救瘡痍和獷悍莫不有機宜焉然本無二也瀘州郡守攸邑龍公由民部郎中守

瀘五年政績卓異嘉靖乙酉春

天子擢爲四川憲副瀘江之人留之弗獲或曰蜀易而瀘難郡之不寧先飢後疫艱亦甚矣微公微瀘也瀘之民飢者得食死者得生義倉有貽學校日新誰俾之乎以此知蜀之不足爲也或曰蜀難而瀘易皎皎者易汚磽磽者易缺以瀘之艱五年而成政天下想慕矣名高者難爲繼蜀方籍籍公何以待凡此皆未之審也公於是有本焉夫天之職人蔑易艱仰自公孤佐建亭社何莫非職巨綱細目機權變化至不可勝載吾心歛之曾不見外龍公無本作於瀘將惴惴矣今讀龍公奏移見厥忠誠舉其績亹亹不能盡爲吏者不當如是耶瀘如是蜀亦如是天下亦如是

焉東者不富如是則廬如是蜀亦如是天下亦知之
端矣今讀龍公奏稿見所述興其績之實不能盡
可勝書吾公之曾不見公無本末於廬者端
公亦所據寔法何莫非職曰編細目機權變化至不
未之審也公於是有本末夫天之職人事息以仰自
獨棄矣合高書難維蜀之撰著公何以并沈其
致者多手筆者成以廬之兼五年而成政天下
俾公十以則若給留之不足為也成曰觀其廬易致
廬之民則者得食所得生者會有賦學校日新諸
而廬難於公不寧先創後叛取亦其矣微公廬也
天子擢為四川帶節廬江之人留之而獲成曰昭
廬五年政績卓典章奏乙酉春

林[illegible]主

二

然本無二也廬州郡守攸邑龍公由兵部郎中守
分曹於無中上廬遂徹於齊家和衡憚其不有機宜
豪言自以至察御體其天不有體然本無一也列亭閣
而末多為暇計郡優游郡中人自為品詩部為
此品末之處由是求諸本而已矣夫本不立一始一
諸始恒難以至原終克盡其敬始斧之鋤勞為乃所以
郡太守之務發於監可二千石之權哉今庶務事不
該四川重慶副使公序

入乎是譜者之神誠術之志也并錄之
吾願道斯與木以是遊若文不能庶其于列宗
贊不害其類斯思而願身斯所知若謂道知
矣若此哉夫公承祖與思無悉無悉與不若其

矣極而躋於三公九卿亦罔不如是矣學於家用於天子之庭非是之謂乎然節觀晚守現終吾是者誠而已敬是者志而已余三言頗爲公臨行獻

送甘通府序

溧水甘子由鄉舉授臨江府判歲甲申有事於南司農其友人太學丁子柔袁子某屬言贈行蔡子曰余聞甘子有日然未得紹介願聞其志趣曰甘子久註選不欲仕吾徒勉之仕其人自得多而外求少者歟蔡子曰甘子不欲仕我知之矣非輕世厭俗忘天下者也知仕之道不苟君子未易行厥志也其徒勉之仕我知之矣非強甘子以祿也知卷舒當相時濟人利物必自一命始也今聞甘子居臨江三年矣厥守

鑑鏗然厥事允釐名聲大發達於尊官大臣尊官大臣爭先奬異是甘之爲志行而朋友之規信矣臨江望郡包周江湖民樂耕稼厥課恒先集順流委輸留都是仰茲攝運而來聲勣競著人方屬耳目可謂不愧於鄉里親戚抑與有榮焉故樂與朋友相見也其友人聞甘子之至郡人戴之監司褒之餘光將被其儔類故樂與甘子見也友人樂與甘子見甘子不負其友矣甘子樂與其友見則不負所學矣今之仕者上不負所事下不負所學內不負親外不負友可謂不徒仕矣甘子名永昂字世瞻其臘月司農竣事將還郡丁子輩出餞于郊亹亹來予寓故蔡子云

送劉吳縣考績序

崑長之境衍太倉常熟之瀉鹵其稅三陪於吳而吳之境亦三陪於諸邑以其有名山大水也北起吳市南盡歸烏東內三江西薄荆溪湖山相去恒數百里六隣邑之業農不謀工工不謀賈而吳之業作不齊島居而陸處風土阻越姦胥猾吏得蒙其上豪強之黨得陵其下六隣之亡人得匿其中四裔不法之徒得冒突而相寇擊故令得其人則湖山之間樂非其人則湖山之間憂吳非易爲者也正德丙寅春吉水劉公來爲吳令適郡有崇明之警脩戎器選丁壯供餱糧恒若救水火然而烽火之候一日數至爲令者內聽其民外禦其侮日中揮汗張燭而不遑寧如是數月乃已丁卯戊辰之歲時政乖繆貪暴之徒橫索

於上非意之變朝不謀夕吳之難爲未有甚於連年也劉公以進士有名首授大邑老才夙學練達之詎故能乘時奮發嬰其世及鎮之以靜處其艱難治之以本下車未遑首敦教化旌廉節寬民於農桑之間講其賢能以勵其頑鈍不激不沮不爲奇新而三年之間翕然稱治由是吏不敢挾其刀筆胥不敢恣其科條豪強勸而爲義以輔其上而慈其下九流之人各順其道逃亡之息悉爲赤子湖山之間盜賊屏息桴鼓不起吳民之樂乃過疇昔而六隣之中咸來則化矣由是觀之非吳之難得其人之難也公方考滿於部於其行爲之序

繪㸑序

西巖封君割第有堂第北先子橘洲得之為新第而不徙徙自吴碩人處今第北西岩好圖繪韓幹馬品居一大忝天樂公碩人父於橘洲為甥每造西岩必請韓馬縣觀而賞之曰是唐人迹也余雖不及見天樂嘗從吴碩人領此訓矣雖不肖敢不知重碩人亡二十餘年堂始新徙藏馬於是趙仲穆獵馬二戴靜菴程門立雪圖一沈石田諸名人雜畫六周生臨飲中八僊一文徵明山水十古今人草書石刻古今板書籍端溪玉帶歙材柯九思題銘俞石磵墨端研各一一時圖書與韓馬偕人言物聚于所好余非好古者傳次及余敬絜先居藏先澤歛為一室庶不失所重正德已卯院試與東家人浴蠶失火[illegible]無子遺也於戲悍哉物更唐宋亂離不少至今存者豈呂江南偏僻深山少奪子孫保之家世是占而今安在哉西岩不寶金玉圖籍是寶橘洲肯慊永延世堂方在緹縵家人不得窺其髣髴余不肖輒殺其中求不得罪終夕耿耿夫人有感發斯有言言無知已斯有待故尺牘是責今乎之而莫唯思之而不可得豈庸劣已甚將俾無言無能終其身耶序以自警

送李時贇應試江西序

李時贇名寶浮梁人蘇郡博恥菴先生季子也余始在郡博門未有譽者時贇一日持余文獨心喜之請以師事余歲壬戌就余于學宮外舍明年隨余讀包山又明年當鄉試之期奉郡博命且行冊讀石湖之

上三越月臨發顧余曰先生常言遭遇有淹速而操持無跂轍知巳有淺深而文章無損益弟子將西歸矣請得論文而別乎余曰談何容易東方生所以深於辯也昔孔子生而周衰有道無時微言不欲無聞於世故六經作而文章之宗立當是時孔子之澤弟子三千人宗師之久然一不悅於秦王李斯盡束而燔燒之屈原遭上官大夫作離騷以感悟其君而懷王之惑滋甚至詆懷沙爲怨言揚子雲嗜古樂道著爲大玄而劉歆以爲後人用覆醬瓿耳夫以一聖二賢之難信可罪文乎且士含精于天不能不假言以白世而言以載道紀事明別是非變化常萬端其大者並日月幽者合鬼神上之于雲霄下之入黃泉而淺

夫俗子則同聲嗤之噫命矣夫足道哉時賢曰苟如先生言吾業委矣然先生操文章之戶餘二十年累挫不折卒以求知何耶余曰騂騮之未遇駑駘耳得造父而駕之先風電矣昔賈生著撥亂之策以說漢文累十餘年不獲施行後主父偃用其半一以干武帝顧立功於談笑之間何則慮始者難蹈機者易也子行矣日聽子音奚惑余爲哉

送博士吳先生四川較文序

古諸侯提封建邦人材各取於其國其謨謀忠義皆足以圖治安厥後州郡不得置吏天子乃盡釆天下之材而廷授之於是藩方亦得試其鄉用薦于廷則向之各輔其邦者人材端有在也正德五年四川布

政司將舉試其使其郡潘公走聘于蘇蘇博士安城吳先生寔登其幣戒行門下士更進迭賀濟陽蔡羽再拜請曰越數千里以致幣雖今故事必有不得已也先事而圖所以出于常人也先生曰吾方是惧聽盡言羽曰士之不得立于朝由阻于鄉業舉于鄉必有得立　天子之廷者矣苟非其人如名器先生曰得不得在我能不能在彼奈何羽曰梁州古都會何得言無能漢初未置夜郎文翁已通中國文字矧岷嶓稟秀山川會靈漢之言文章　乃司馬相如王褒揚雄而皆自出也今與文者受給耳先生曰給何如羽曰言之亹亹而之空空必有言非其得者矣使高明者各言其自得而吾得虛受之則巴人下里徒嘈

嘈耳是舉也豈不暢在擇不擇慎不慎而已矣先生曰我知之矣吾嘗困精神不克定雌雄中材爲害也蜀之多材自古且然矧今相天下列台輔者方出其鄉乎嘈嘈非真材審矣吾期得真材以報國敢辱名器敢不慎由是諸生皆拜是爲序

六俊圖送少宰汪公序

伎圖寫者恒患不得其真苟不得其真雖曰圖權貴無益也然克肖者或拘一那其爲志終不愜邑子陸南仲氏嘗寫太師王公直甚稱意公曰肖余一人未盡子用當知于京師嘉靖三年遣凡學士嚴公嚴公曰守溪公已試也今作後稱意延見諸公未數月幾遍朝寺其夏六月望日過予出一圖曰此爲少宰閒

齋汪公此爲少宗伯五清劉公此爲大司成後渠崔
公此卽學士介溪嚴公也此中允署司業前溪景公
也此少司成杏岡郭公也六公者或自講筵金匱分
務南都故題曰瀛洲六俊子絺視孰肖羽曰偉人敢
不敬仰於是焚香灌手再拜興曰變化若龍虎瑞象
若麟鳳聳峙若高山光爛若雲月天之生豪傑不虛
也所未之前識冢宰宗伯二公獲拜于圖中耳彼四
公者徵子言吾固巳別復拜以欽南仲曰南少宰巳
得新　命副喬公矣諸公連步當自公始子能序所
以行乎羽曰地尊人賤南仲曰不然以爲貴臣之言
未若賤士之公故願子之明公也羽曰唯唯粤若公
孤韴閣允兹艱哉顧惟德望才術文章而巳矣人臣

無是三者不敢以繆奸高位備是三者以有高位豈
徒然哉有喜焉有憂焉間齋公父子兄弟揚歷中外
忠清亮直群口敷同海內服其望矣由大司成爲宗
伯由少宗伯爲冢宰連服厥　命克允克諧采采懋
明物議不與海內服其才矣石潭公間齋公科第冠
一時典章照史局出言爲家時方取則海內服其文
矣方今　皇上英明加意舊老惟是宿望元公是
毗是賴天下之勢未至甚偏惟才力磊落是資是斷
文體與氣運連絡惟兹典司大老是低是昂公之見
台是天下之喜也然天曹百官首太宰公欽悉重命
恭懇　帝載羅豐才起耆舊殫厥忠勤日不暇給
顧推公以自副不敢以一人之慮必天下之無遺弃

也少宰公負茲聲望以受　皇上之知以副白巖公之推縠將丕承丕纘用光太宰公之美業使海隅黎獻萬一缺望是公之憂也公之憂喜懸于天而福生民利社稷眉壽無疆於圖有徵焉昔武丁圖說其人不傳唐圖十八學士則闕立本也南都一時之會公孤隱然後之望厥圖者曰某公於某時爲師某公於某時爲保德如某功如某福澤如某某斯圖之傳不朽矣陸生今之立本也非幸歟是爲序

毛中丞八十序

君子之出也嘗有取于人然後有以立于國其處也嘗有蒙于人然後有以立于鄉斯二者未可以偶然得也蒙不于鄉日見加焉賢者弗與也取不於國日

見褒焉有識者弗賞也君子是以惧實之弗逮也實不逮名名斯累矣將用貪天光徼厚福神人弗爾惠也范武子之光輔五世可謂有賴于晉也其老也家事治子孫賢克終美業歆于神人則有蒙于家矣裴晉國之經事四朝可謂有賴于唐也其老也子姓賢良既醉太平燠館涼臺繼世台衮則有蒙于鄉矣我蘇郡大中丞勵菴毛公之貴于朝也老于鄉也人知仰之矣鮮得而快其論也得其顯也失其隱也知其始也得其終也談何容易公之初也以學風乎人者也得其傳者必爲名士是故毛先生之易遍天下方其未貴固已被于人矣迨其貴也諫其職也言論風采去而懍懍望其塵而弗得也時無疾前柄于用乂

矣顧淹淹三十年僅展臺寺遭洪人之不寧日尋干戈夙夜匪懈鍾皷旣㬥蔬乞骸骨其取于人又如是也進則取于人處則蒙于鄉君子是以知克孚家邦也公三子皆龍孫並青雲器子之秋伯子第矣致仕十一年爲嘉靖辛卯壽八袠厥發洋洋厥步倍強其來無方其得深蔵人以爲致是皆天也夫德廣而儉簡而能愛范武子之不伐也忠而能慮肥于丘園裴晉國之遵養也是以比于衆能脩然壓表也長顧高屨克與物親也詩曰靖恭爾位好是正直神之聽之介爾景福景福非人力也靖恭正直自我也而公寔致之可盡委之天乎羽不佞不足言公仲子𡠠與余善者也因公子獻敢賛于行觴

送遊五嶽序

士無志趣場之高墉不足爲棄之草茆不足處故畱或投膠去有不稅冕在各得其趣而已古之時士不遊非鄉里者有禁曰何以離墳墓也於其時上之養人也大用人也公位視厥德職視厥能而野無賢人誠欲遊得乎周之末士始遊季札觀上國孔氏之庭言公自吳子南自秦而司馬子長跡半天下其始必有激也今世之俗上之待下也薄下之求上也厚好惡回易競門日啓不鉤距其心狗彘其行不已也士生其間苟有清高之志皆君子所與矣同邑黄子勉之天資過人刻苦好學傾貲倒廩訪求遺書故發爲文章斬絕凡近意趣所向別爲一境而人有不能知

者年三十連比於鄉不售曰吾豈可以老是哉將有事五嶽告别于諸所往來（徽文于濟陽蔡羽强之不可乃屬而相告曰士固有）趣外聲利養清德超然世與恍然獨得予固知勉之之能也蓋以五嶽爲無人之地而空行無益乎矧嵩恒太華鐘天地至精之藴世則曠絶一躋其顛憩其壞將使物欲消化耳目潔凈真一之德土潛于天囘視奔競齷齪之徒蝸聚蠅頭之竪曾不若糞土而盲視瞶聽之肅亦何得張厥好惡哉用是知黄子之趣之高果出于今之俗也黄子歸可必得得可必成如季士言公子長學者可到因序以導其往

送王履約會試序

羅士以科目若縣的焉人競矢之破的者以爲易不

的者以爲難士之求知主司揣摩有年方試也恒用不由程是病有司列棘而試之百執事効勤其下重臣持其上恒用不苟姦是懼第之日遇者以爲明不遇者以不明吾甚惑焉非自愛之道也君子愛厥身故求明厥志明厥志而后定厥業故進不拂乎道退不喪乎身遇不遇一張弓之巧耳得失雖小各有尸之將安歸卟君子明是故故厥易焉不爲喜厥艱焉不爲戚在審諸已而已見有不至遠將焉從守或不同廣大焉依古之學者用是夙夜匪懈也太原王守履約余高弟也才清而氣和意趣閑雅其所好極古人之選爲詩文温麗而有體其弟履吉寵余高弟也才名特著余之與履約比于鄉九三與履佶四而余

自為比九九巳卯之比㬥約破的之年其知王子者為余賀以為王子之進猶夫子也子何恤不知王子者為㬥約賀以為子竟賢於子弟子師子奚尚若王子之自養衆人不得而窺焉今王子遭明主司見俾一時由是而第春官魁　大廷將登其實仕可強為乎夫内不明而私智強作雖謏一時久必挾夫稷不知稷焉從養契不明倫焉施教夷不明禮秩將焉宗夔不明樂音將焉諧是九官盲于進而舜盲于知人也使九官而不盲于進其無養乎㬥約行余為序

送三千總兵徐君序

文皇帝功臣徐公起家千兵進伯爵食邑與安厥徹徐公得侯券鎮寧關陝人言二公之後何寂寂也弘

治初余舅景范馬公爲司封　員外知封爵嘗言與安之後有德懋今揷貂矣未幾德懋爲馬公婿迨丁巳之秋持册鄱陽續封　宜春王往來于蘇重與姻家別然三千營在三大營之列虛兵符攝大禮夙夜匪懈遑恤其私雖姻弗敢尼也行得日屬二三賓客出餞于虎丘之千頃雲徐君投壺雍容步射趨蹌觀者如堵環相歎曰虎臣之後儒人也卒爵君與曰子爲我序所以事君余曰於戲元勛余鯫生惡足以相子歸而求之有餘也　先朝白溝之勳炳照丹書於子今幾世天下服其功矣三千團甲　天子之親兵而羽儀　大駕得帥者今幾人天下服其賢矣賁是功是賢不足以事君乎徐君曰敢進於是余曰功高

者陵上自贊者距人易曰勞謙君子萬民服也使勞而無謙克濟乎書曰汝惟不矜天下莫與汝爭能使能而矜能免乎斯二言予徐思之徐君曰唯唯遂書以爲序

送徐子遊太學序

山之秀太湖者两洞庭其東大發于文恪公其登臺閣也在弘治末年文恪公之秀鍾于錫館至嘉靖中少宰公登臺閣少宰公之嫡徐子民則王氏孫也得两家之美欲其不秀而奇不能其西又大發于少宰公父子也民則既自多于九品乃益養之以歷充之以問學故其英不容于不張其髦而京也學士先生稱之士而庠也州郡之豪推之人望其取高第若歐

祖父久矣嘉靖九年少宰公以績當蔭子不敢虚皇上之賜牒至蘇人以徐子且難之乃即日解郡祿拜恩命盖又不敢虚親之蔭也夫舉不避親忠也仕不忘本孝也彼矜得自喜者識是哉明年徐子將遊太學蘇人擬其秋必第于京兆預爲賀予以爲徐子之可賀不止是北捷于京兆餘事耳乃各以詩言其行序于首

陳啓之進學序

陳季子之及門也聲若不出口問其居濠股之俗不知也與之周旋圖籍則居然一文士也余異之曰之子無亦有待乎作宫室基之矣與遊于藝之圃有所見欣欣焉有所聞冥冥爾又異之曰是於彼無相病

也發軔庶幾乎雖然未知其卄也困之以饘蔌寂之以寒谷則又欣欣然揚辭之瀾也浚禮之川也居三月復移于市乃蹷然若不相容冐炎熱陟江湖夜解余之榻復于殯饘寒寂若蝸之集于酸也蚊之集乎明也於戲是墨翟之守也雖然未考其力也回厥質與相辯難彀而需之隱而虞之回厥程而迂步之陳百物以觀性也縣無形于有形也則執之彌堅圖畫夜頷頷問九反弗厭也是倒折弗却也百仞之岡必求縣焉百尺之壁必求瑕焉宣尼曰後生可畏亦若人焉爾矣雖然未觀其竣也辭忘乎辭也藝忘乎藝也知忘乎知也尚有待于鑪捶鑪捶之間非吾所知是在李子

二業訓後序

李以一人倡以同志行進取者不謀道非病也視天下猶二途也故功名與道德之家常水火夫不定厥志而求令厥趨背厥趨而求亮厥采此道之所以不明而習曰非也吾師甘泉先生以爲憂作是訓用開人心夫天下之士曉然知吾之立身無一不本於心術於是乎始見天下之途未嘗不出於一也昔曰舉業與德業異焉功業爲依文辭焉出　國家之所養焉待朝孜夕孜者爲說明其途以習其業則不欺其心不欺其心則他日必無欺君罔民之事矣於是乎舉則爲君子否則奚舉之足貴是訓也大闡於国李信于賢士大夫欣欣然方同心嚮之矣長洲掌教臨

信于賢士大夫咸欽敬之曰必賢大夫及見劉掌教諭
寧則爲善士古則爲豪傑之足貴是訓也大闡於國李
必不敗其心則他日必無敗君因民之事矣於是乎
爲存循教者焉諸明其後以旨其業則不敗其
業與儒業異焉功業焉体文辭言出 國家之所養
排於是乎始見大下之遂未嘗不出於一也不普日舉
人必大天下之士競然知吾之立身無一不本於心
明而習日非厥也吉師甘泉先生以爲憂作是訓用開
志而未今也趙甫趙而求高厥來此道之大所以不
下適一逾也成功名與道德文章當求道以大不愿
李以一人偏以固君行取者不謂道非古也總天

是在李亭

也滞於乎勿也尚有待于鑄德鑄鼎無文聞非吾所必
人言所矣雖然未觀其發也辭於乎辭也與其必乎擇
求纂著有及之遂必攝言宣居曰後生可畏亦者
夜諭頗問九以君厥也以向折弟引也白行以同文
百物以鐵性也綠無形于有形也則所以文猶於書圖之
與相簿數而謹之隱而後之因顧發而迂也之成之陳
明也於處是崖之守也雖然未有其方也曰人成資
余之楊後于頭論淡滾若陽之其千發也故人來于
月復務于市乃臧然若不相客也發矢焉汗湖夜雒
必寂谷則又深況楊辭人閣也沒禮之川也志三
也黎物焉乎雖然未知其甘也困之以觸乘殺之

安孫先生得目泉之門者也曰是不可以不曉夫鄉之士請梓于長洲學余惟吾蘇之士聰明爽俊為文章伎藝必求高于一時擬于古人殊不知友古人有道是皆聖賢之末緒也理其緒不理諸根㩉求以文植斯世無是理也苟使熟玩是訓反觀諸身心知其整然不終朝安也由是以求其歸孫先生之功豈鮮哉故曰以同志行

送司農員外方公還　京序

善無常主感斯形矣政無常拘仁斯溥矣夫有養斯無累心無累則充之至奚適而非善援之以政人以職泯也余何施而不可君子於是乎不阿也權閔之政非　京朝官不領司農者之設是有待也　京朝官蒞是亦艱矣未晨而集環而竦側牙而入日聞其貲算閱其灌輸騰其泉布狡獪者方沒馬雖以高明輿之馬得其淵哉是故無終食之餘以清其心地懷寀方公之為　京朝官也嘉靖九年以戶部員外領是職非不聞其貲算閱其灌輸騰其泉布也乃無牙無機狡獪者恃而不得入公知害雖易去其原則不在是思一風起其人正其好惡以大其恥以漸于狡徒為出講學于簿書之外三百里內九獻有士鼓篋日湊公知方丈地不能容則處之以義塾稍示程度則欣欣起矣酣其中而不能去濟濟乎殆與大庠角立於是鎮之俗日變也夫政一而已或敝之不足或蕪之有餘或窒且不通或通且無方於是見公之養

也曩者寤寐思服伍厥徒覆厥鈐鍵非不勸乃有政也乃猾者曰猾今以　京朝官拱其上屬吏贊其下而私無所容又得談道乎其外一方之人觀且率狡猾咸以為神明相去遠甚矣天下之事苟會其理得其養豈必拘拘哉明年辛卯冬將竣于司農士弗能援也沈生槐從子應元咸弟子列被化寔深思有言以委羽羽於公傾仰蓋久及見政美之溢歎息終日述其粗以為祖道先若悉乃教政義舉仁澤則有塾之碑文正祠趙王墓三文在

山人蔡羽著

送大司成崔公致政序

忠臣立朝一心愛君而迹之去留不論也夫忠生愛愛生憂慮故凡忠臣之期望於君恒大爲君謀恒深然有幸不幸而厥心無遺也如其幸一言感悟無嫌無疑賢人君子之道獲光於時忠臣之願也如其不幸以言則見疏以蓋則見疑而賢人君子之心亦白於來世然此豈忠臣之願哉嘉靖三年 南京國子祭酒鄴郡崔公以災變言事獲允致政於時人以爲疑曰司成公方弘張教化經理根本爲 國家建萬世之業言事非其職何遽言大臣不可以一言決去

就何遽去於此有不得已者非人所知也何忠臣遇事憂形於色苟以利國遑恤其他故朝夕斯謨尚克底于有績雖瘁厥躬奚恤是公之初心也及不獲用特蒙優假衆方休休何言遇而社稷利不遇而殃流禍結以退爲高者一身計耳豈公心哉夫愛君者必以堯舜望君臣子之心庸有極乎以爲仁燾天好生温恭吾君至性故終不以見疑而已也然則公之迹有始終心無間斷今之人庸得以草草觀公哉戒行六館人士愴然咸若有失豈獨以私蒙教育良由仁賢去留繫國重輕懷憂天下之心者恒切也羽賤不能言而能通公情序容已乎

春夜話別序

予友在吳城者多　前後離合惟次明吳子鴈門文子處幾二十年自予入郡中未隸於學官巳兄事二人於時爲弘治戊申忘其日月晚得三友爲太原王守暨弟寵中山湯子子重寵以正德庚午奉督學莆田黃公之教弁與兄守來師予子重亦以其年著友籍六人者遊而處處而無嫌疑余之之吳城也必從文子之第求湯子出吳城也必從王子之第求吳子五子之求予也亦必相因於其第見之日必相考德問學講藝賦咏乃退暇之日必就佳山水遊息臨觀焉而石湖之治平寺爲多是故語默趨向履綦之間庶幾獲寡過焉古之人交朋友取氣合道合不拘以年幼之於長也以可推可訪未嘗忘敬長之於幼也

以可親可與亦未嘗忘敬故六子之齒不齊而交獲終太歲巳卯履約獲發科末年次明徵仲逮余前後貢若子重履吉則不小售者也嘉靖癸未二月余將北征履約巳先赴南宮二子尋當隨計兩月之間各爲一鄉六人之處判而爲四講徹于會盟寒于壇囬視疇昔忽若夢境古之人學貴能行今世以科目限人行者未必暢而朋居之好已茫然失矣夜宴履吉館霜月交白不能爲情書以爲話別序

顧全州七詩序

辭無因因乎情情無異感乎遇遇有不同情狀形焉是故達人之情紆以縱其辭喜窮士之情隘以戚其辭結羈旅之情怨以孤其辭慕遠遊之情荒以惧其

辭亂去國喪家者思以深其辭曲此無他遇而已矣予讀顧子全州之詩知其遇也全州曩時詩格和平讀之令人喜豁自謫全寄詩七章皆感慨愁壹夫感慨愁壹必有所不足也顧子平日視富貴若浮雲豈爲是哉於是乎窺見忠臣烈士之操素也疇昔哲人執人之政思其居有故而去憂其終不信于當時言于來世故居東斷文返魯削史去韓著嘉即沅爲騷以宣暢其話言道其志慮至于憑高望遠撫時而動殊方異域靈山秋水丘墟臺榭一湊于目言爲之變時有適然以爲非遇乎夫王粲之江陵庾信之關中子美之成都其地至今爲天下勝非水山之間故有情而弗釋也乃三子者之發爲文章憂愁鬱結一慨千載讀之者未嘗不流涕是去國懷鄉之情也夫處興廢而無所寓其情與有情而莫能言九庸也楊子雲曰君子得時則大行不得時則龍蛇予以爲君子進則憂其民退則憂其君若夫取貴一時權脅萬乘去而邈邈拉齒拆脅者之足爲也豈忠臣志士之情哉華玉忠義奮發慷慨有大節自開封尹左遷全州全爲　國家南夏之鄙山川秀深華玉有深思惻怛之情其遇也詩之鬱結固宜

送大參徐公序

衒新奇以市譽矯施設以竦衆可得於一時不可得於久遠順流守常無所酬酢可以得博大之名不可成博大之化斯二者非先王之道也先王之道寬而

不慢簡而不漏不厲以肅不巧以精始若不快人意終樂且利居之若無能卒成遠大孔子曰無欲速無見小利老子曰其政悶悶其民醇醇得是道者也江西大叅來康徐公守蘇五年而擢河南參政假左參治蘇又逾年而下江西之命其剩蘇也六年有畸徐公不新不奇不疾於前不怠於後不巧於始不弊於終布之優優爲之紆紆但見學校化其教田里安其令刑無煩暴賦無苛急下無迫切之情上無廢弛之政而公雞鳴聽政張燈而不輟勵精圖治不自滿假其心若一日也夫不事新奇矯激合先王之寬不務博大之名勤勵不息合先王之嚴持是道行之六年厥化大成夫豈盡出於天資哉由公以尚書起家學

有端委未仕爲名士既仕爲名臣自其嘗課諸生而觀之經義之精理學之淵汎濫磅礴莫得其際其度遠其識高其取舍公要之不外乎一誠夫負公之誠以濟厥學于以臨政未有不合於先王之道者也夫士之命固懸於天亦有得於人者如羽之不肖人之所弃也而公録之不置豈意其有璞中之物耶詩曰采葑采菲無以下體人弃我取公之情可見矣茲將去舊治展大藩賢愚之徒不知所爲羽也職當贈言敢摭吾邦之慶荷于公者序以獻公用爲他邦慶

送大叅胡公序

治劇者身殉案牘不遑旰食而已廉者無所取而已惠者不罰而已三者舉其一人以爲難若秦安胡公

之治蘇興于是夫政沸于庭持之不遑寧御之而遑食常情也公嬰之平平撫之閑閑不意不必倫次後先米塩無勞考教行焉案牘無侵賦咏間焉視治劇奚若四郊所輿戸口所輸交務所會泉布日溢于政堂公視之蔑如知其上供知其出入知其居留乃吏不敢入奚餘之計躬自菲薄以化厥屬視廉者奚若發奸擿伏以破宄憸嚴刑大罰以禦寇盜至于常民有犯笞不見血法流于下食其利而忘其功視惠者奚若故頌之者無間於四方也於戲是可以倖致哉亦惟心地才術而已矣夫心不虛則公不至愛不遍矣求廉與惠得乎材不全則用不周政不暢矣求治劇得乎本之以心地輔之以才術故文章德業並光

于時也然皖不足盡移於蘇也蘇不足盡移於藩也他日藩不足盡將安歸乎夫心地包天下者也功業其緒餘耳詩曰仲山甫之德柔嘉維則又曰衮職有闕仲山甫補之夫山甫有出將入相之望故詩人致意之深也公既効于南國將顯猷于東藩德望遂揚于中外矣於是起自藩宣用秉鈞軸盡展公之底緼亦不日事也予拭目焉

內經註辯序

自黜墳刪典而軒皇之經不傳後之稱厥言者遂入於養生之家故莊列之書備述廣成黃帝辭玄旨空別立蹊徑窮陰陽論真一離日用而談道其最也內經十八卷外經三十七卷雖見於班志而其書不出

逮皇甫謐甲乙經始分鍼經素問則前此無傳者可疑也豈魏晉高人祖述老莊躡三墳之迹補千古之曠以實藝文成目抑汲冢晚出而袠之九流也唐大僕令王冰博學好道精通其業爲之追求脫簡移置次弟定爲十二卷註釋明白古今遵之余弟師勤早業舉子治義經養親不出因及醫學益熟讀于內經而有得者也他日告余曰王太僕意高而辭美然於醫殆未盡竊有短淺敢質吾兄余曰子謂冰不盡心經典不可也謂無瘢痕可索亦不可也寧去皇甫謐六百餘年而妄稱眞師舊藏擅補天元等論世方議之矣釋經以無稽爲諱執古爲泥傳家所以難也子言誠有補於註冰於軒岐不失爲忠臣子於冰不失

爲益友庸何傷古之明醫論病以及國原診以知政故經具而無所事傳後世技術曖昧執傳以求經豈不難哉然庸醫不知書差上乃執方而論病吾弟閉戶玩索餘二十年講求內經遂暢厥旨操其機致之用救其過惟恐不逮其於經傳可謂盡心矣時有良醫爲鄉邦賀吾弟勉之哉

桂子宴序

花以秋勝秋以桂勝合賓友從樂士選泉石以揆息焉二者之勝又樂於得人也夫秋之爲令其神蓐收盲風始至色慘而氣清爲花也肅而潔桂之爲物也其香甘和噴薄林壑可挹可飧[illegible]之功無窮詩人之於是也發揮咏歎春容乎大篇綵寫乎短章是二

者賴之以永傳也正德辛巳之秋
聖天子嗣位之年嘉靖改元之前歲也四海浣濯萬
物再造秋之勝至是尤良焉訓科杜子鍾氏吴之名
家也有圃焉樹石蒼古不鄙不㤗合乎雅道厥祖恒
菴翁手植四桂陰裒數畒每秋天香大發熏炙城邑
花之勝今莫良於杜也子鍾氏於余友衡山文君爲
比隣衡山於人尠合於物尠好於酒食尠過從獨於
子鍾氏忘懷焉必且挈其社之諸文學以即杜爲饗
以成子鍾氏之美於戲酒食宴樂豈易爲哉以是秋
是桂而又得是客如衡山余惟子鍾氏之兼三勝也
作桂子宴序

石氏家慶序

善不在與譽貴有實行慶不貴張貴有實樂夫以匹夫
而名聞于上聲載于途借曰象恭克永終乎朋酒斯
饗曰殺羔年以祈親之年借曰徼情其受福乎善不
足舉雖舉世譽之非實也樂不自我雖豪侈萬端非
真也易曰積善之家必有餘慶聖人無苟言謂之善
慶有以夫吾蘇長洲石氏世以善稱至冲菴翁兄弟
尤著君子舉鄉之善動以口實予惟之未以詢也正
德庚辰錢子德孚賓於翁因之獲與相見遂通翁梗
槩嘉靖丁亥翁年七十矣於其冬方有慶事君子曰
慶言其真也善言其實也斯石翁之謂夫名傾一時
望重鄉國於吴不鮮乃聽之則有餘循之則不足不
貴也得客爲高陳說爲勝於吴不鮮乃望之洋洋卬

之汲汲不取也翁自結髮逮今無二行與弟分家不爲契券蓋人之短恒恐不逮取不主然與不德色鄉人咸下之君子是以稱石氏之善翁初無子年五十得丈夫子三人身迎經師教以義方長子岭遊太學矣壽之日子婿婦女中外孫曾齒齒駢駢魚貫于庭觴皆彩鶩可謂盛矣而翁臨之前無所悔後無所慮君子是以多石氏之慶夫善以實故出之不竭雖無名稱可貴也慶以天故居之不疑雖不得客樂有餘也丁亥八月德孚偕岭於余館願有言是爲序

感雲序

子之於親一日不晨則無省一日不餕則無養五日不饋則燂湯虛不聞七豆之聲羞酸虛無涕唾之候堂上虛遠呼息之音莞簟虛出不見形容几杖虛廢此數者不得于親者也不得乎親情容極乎茲思慕所以起也詩曰永言孝思孝思維則故心純則思思則意日美而孝道純新安吳君源之喪其父甫期月毋程安人撫以長他日客有遺狄文惠望雲圖者因有感奉以自箴請余序諸卷余惟梁公望雲一時事也純孝純忠庸有極乎吳君痛傷先人懸念母氏發感於望雲亦時事也而心有不可極何人有二親而一逝一嬪雖非古之不得於親者其於晨昏餕盥羹羞涕唾莞衾几杖之職能無恨乎用是觸物以興吾知其不能已也昔狄公爲并州法曹同僚鄭崇質當使絕域其母老狄公請代曰彼母如是豈可使有萬

里之憂詩曰孝子不匱永錫爾類梁公之謂也吴君善善弁用爲泆

送蔡子玉卿還吴興序

羣天下之士于太學相觀爲善其有得而先立者力也亦遇焉夫以善自私者居無鄰矣矧國乎鄙吝未消者距人千里之外矣克舍巳乎故凡士之初至必有賫而入其去必有挈而歸也賫而入人之武予之躅也微譬奚取挈而歸予之武人之躅也微譬奚與兼是二者可謂與人爲善矣吾於吴興蔡子玉卿見之玉卿浙之壬午秋進士也明年冬來遊南國子至春予得奉顏色焉立未頃人交譽之曰吴興蔡子子宗人耶六館之贒者也病者曰余微蔡子微以急余

親喪者曰余微蔡子微以棺余友抱槧遊者曰孰爲蔡子昏夜叩戶者曰告予蔡子由是前司成博陵崔公曰蔡生義士也進之講明益宏厥業今司成增城湛公曰蔡生信人也益進之講明益彰厥的由是玉卿之學遠有端委厥德冠一時爲善之功益通融而無巳厥聲雝雝風乎遐邇矣於戲太學有善蔡子取之矣有未善蔡子與之矣蔡子信樂善人也有如不遇二司成孰從陶鎔耶故曰力也亦遇焉凡善人信士生斯世也尤樂於相遇相遇而化爲力不多矣頫之雨曾之唯非其徵乎蔡子以乙酉夏卒業太學必侍甘泉之門方有得不欲歸其春試也友人勉之咸爲詩重其行余知子深者也獨爲序

送許子仁佐春試序

觀才以氣成才以志爲文章至于破陳腐混支離折衝震疊吐吞江河回薄日月歷窮達至於飢不啼寒不號死不懼千駟萬鍾不爲喜宴遊堂廟不爲得作事功至於上輔天子下全民命臨大事不爲動濱九死不爲奪凡茲氣也卒所以成之志也許子仁佐曩事余課文觀厥下筆每每有勇奪三軍之氣意其人必蚤發然亦餘二十年而始第數不足道也然許子歷頓挫更變故處興廢亦若厥年而業愈精氣愈長是志之勇也使許子見不定守不足能不與隆俱隆與替俱替乎或曰子言許子之氣止是耶予曰子未省前語有以爲來日待歟許子由是而家而國而天下而後世文章如是窮達如是事功如是是氣之充一聖賢也否則雖才將不遂嘉靖乙酉許子得第之秋歲暮將比於春官余方卒業南雍不及餞追而告之故

送邑侯楊子入　覲詩引

古閩楊子治吳之三年嘉靖乙酉冬將朝　京師諸國子在南雍者請爲詩歌其行或曰楊侯於今何如人羽曰以新以奇非所以覲侯觀侯者取其可久無敗而已夫民訐則怨結而風偷逞則強兼而弱亡不貴貴則爵輕不贊贊則道喪不恤衣冠則廉恥不立凡茲皆上之人導之也江以南務新奇立異政者不少恐非遺之以長厚之風長久之道也無意無必

順俗而治持乎守正大小咸得始之以誠終之以誠揚子一人而已聞牧民之道平易爲先如我侯古人中求之可也衆曰如子言遂各賦如左

送蔣子還武陵序

君子不以俗學累德性故其趣高不以德性狥隱顯故其趣長夫趣高者非遺棄人事別有所事也在得其學而已趣長者非得外德性別有所得也在妙厥用而已矣始于得厥學終于妙厥用故三公不以喜丘壑不以病毀訣不爲動夷居患害不爲化遇有千萬其異爲千萬其遇一趣也猶夫漁江湖者瞑昏晴昊風雨雪月四時致變不同而趣恒同必有得也武陵蔣子卿實知其名久矣嘉靖乙酉之夏來遊南雍

人始疑之曰深深而居優優而履温温而與宴宴而止講習時王不求人喜古耶今耶予曰得其學者也未幾首選於甘泉夫子秋比不第謁于外館是時四方之士日至不獲口受於夫子者先咨蔣子於是疑者漸釋異者漸同復相謂曰甘泉子所以引而不發吾於蔣子乎聞之得其學果如子言然持其藝必求售於有司挫其進不獲自休於山澤意竟何如予曰妙其用者也使蔣子學無所得趣不若是其高也進則狥乎軒冕退則膠乎山澤用滯而不圓趣不若是其長也君子之趣不高不長終年之變不能歷矧克終其身乎予因蔣子之趣有感於漁父明年丙戌四月子告還講會諸友不忍釋各以詩言懷屬余序

大尹陳公哀輓序

七情之感惟哀最長悲慕之道詩取其義然或出一人之情若夫喪一人而國人哀之非厥大有賴於時多遺於俗不可也審夫三良蒿里之故厥義興矣益陽大尹祁門林塢陳先生既終其器太學生桀彙狀若詞晨造羽邸容色単瘁思言且咀飲泣乃克宣曰不類迷亂方裂余天復咀飲泣宣曰願先生一言序所以竟弗能致羽礿訝之曰予非祁人也益陽之終未之臨安克知乃戚屬視陳子之色大異於平時音大異於平日不知感之所從然猶曰雖茲獨非一人觸歟屬誦其詞則歎曰於戲出于鄉人則衆矣讀其狀又歎曰於戲出于國人則大矣庸已乎礿公由鄉舉首授莆田令二旬而丁外艱再爲保定之雄令行淳政脩禱雨輒應未幾以内艱歸廹之益陽尤卓異救災禱請所至立應流遺來歸頌聲乃作始曰政協神明兮又曰逃亡歸來兮夫觀雄益之政可以知公之居官矣觀太學學行可以知公之居家矣夫績足以底諸官而善厥家夫也生有益於人沒有遺於後矣於國國人哀之於鄉鄉人哀之非過也陳子以嘉靖二年冬奉公命遊太學迨五年夏獲卒業以不得歸省爲恨出其親之簡五所以止桀者甚嚴曰是不類之重遠親命而獲辜於天者也復泣下夫知死者哀善知生者哀志余知陳子者也不有取厥志乎

弁用序

送賴子歸寧都序

士之貢于　庭若舉而不第于春官者均養于太學南太學之所養常千人由太學以歷諸政府之事率期月而易始註于天官諸政府之歷歲不滿四百人故太學生恒以得歷爲慶尚書禮部四司之歷九十三人嘉靖五年十二月予得乏其間寧都賴子汝昭宿之張子汝警先予一月至明年正月奉化江子希烈至三人與余遊最舊南春官無事日脩禮文表率百司晨入十三人列坐西廡聞鈴舉乃押退揖于司聽東西群趨各歛于一室堂唱十三人歷陛鶴張以立四司之僚亦立然後宗伯揖少宗伯出東西揖四司之僚趨而揖十三人亦群趨而揖唱迄還事諸司復歛于一室解之入堂吏以其解判晨不過數頭告妝印于大宗伯識于少宗伯印出十三人亦趨而出如是者日以爲常南百司號簡春官又簡地清而儀振無文移賚謁謄判之勞所見者如是而已予以爲歷太勞則困士太逸則惰士乃約諸同事私相勸勉休沐以節期會以信匡救以義於是江子策我賴子箴我張子輩各以其長導我故十三人之會聚未嘗不敬講議未嘗不益是得歷之慶小得十三人之慶大也七月之晦賴子當代江子曰汝昭歸矣願一言爲益予曰奪予箴友俾予耳無聞目無見復何言因出所懷則大叅董公序行者也曰予以是出以子歸無庸勉爲之因歎曰余不自知其不肖輙溷諸子賴

予不以予不肖微之不已使予言果善賴子取之予益勸果不善賴子取之予益懼勸以進德懼以脩德則益在賴子不在予也敢無言

送沈子還儋州序

瓊州去京師萬里沈子貢于庭隷于太學歷于南宮乘南帆而來北帆而去若出入于闥與予處道瓊儋之形指畫乜豆夫萬里傳置非不險遠卒所以通之化也儋爲州瓊爲郡一府三州十邑咸緣海中之島壤連而土邇包周千里生黎中匿不敢爲害產琛而俗樂所以致是非一日之力夫自秦通百越漢招趙佗尚待之度外畧而不親逮馮業度海因高京用開嶺南始爲中國用隋唐因之

日親日化至我國家而郡縣始正編户始寄夷始樂華奇才大器始出文章德業之家敵於中州犀香瑇瑁之課始充于　王府瓊儋之屬尤勸而奮華風動盪不知有海裔之警非化嚮充何化日新則氣日開矧　國家仁義禮樂備于唐而壯于宋宜人才之盛而往來之便也沈子在南宮期月操履端静咲言不茍而與人有信予自以不可及私法焉今其行寔失良友計其相見不久當官中州尤私慶焉序以別

林屋山人自序

古之言者必有得有所得而不言與無所得而言均非也山人非有　得也言如不容已於戲不能無感者情也動於中形於外言辭也如鳥於春如虫於秋

動有由來不自知也紀綱有無是謂志迹原厥成敗是生議論管乎人情陳其巨細是分風雅其義炳於三六經紹於諸子上爲列星下爲流峙謂學道不學文非四教之意謂文不言體非六義之訓是故其局雖殊其宗未嘗異焉經者微之傳者顯之微者引之顯者綈之故得其趣則千載同志古其的終身取旨是故學不可以不慎也意不待言何憂乎拙言不自足何害乎膽語人以代非知言者也寓言于迹當求諸言外山人方十齡從毋氏學歌詩弱冠喜聲律爲文章喜波瀾踰四十盡弃前好然局與歲更竟逮于老自謂茫無歸縮恒仰首浩歎有詩賦八百餘首文幾二百首爲友人所刻言不自知君子憫焉山人姓蔡氏名羽字九逵居於林屋山中故稱林屋山人又稱左虛子